LE
ROI DES ENFANTS

Imprimerie de HAGUENTHAL, à Pont-à-Mousson.

LE ROI DES ENFANTS

Ô MON PÈRE, QUE L'ON EST HEUREUX D'ÊTRE ROI !

LE
ROI DES ENFANTS

PAR

ALPHONSE DUCHESNE

TEXTE ILLUSTRÉ

DE QUATRE BELLES LITHOGRAPHIES

<table>
<tr><td>PONT-A-MOUSSON,

HAGUENTHAL,
Imprimeur-Éditeur,
—
M DCCC LXIII.</td><td>PARIS,

GUÉRIN-MULLER et Ce
Libraires-Éditeurs,
N° 3,
RUE DU GRAND CHANTIER.</td></tr>
</table>

LE
ROI DES ENFANTS.

On se figure généralement que l'on n'est heureux qu'à la condition de n'avoir plus rien à désirer; c'est une erreur. Le bonheur consiste bien plutôt dans l'accomplissement de tous les devoirs que dans la satisfaction de tous les désirs. Il est arrivé souvent qu'un homme, au comble de ses vœux et après avoir atteint le but où visait son ambition, s'est trouvé infiniment plus malheureux qu'auparavant. Dès qu'on possède la chose longtemps convoitée, on se met à en convoiter une autre, et d'ailleurs il est tel souhait, ardemment formé, dont nous sommes réduits parfois à déplorer la réalisation. L'imagination a des fleurs éblouissantes qui se fanent dès qu'on veut les cueillir, des fruits dorés qui se corrompent dès qu'on veut y goûter, et c'est justement ce qui fait l'inévitable châtiment de l'envieux. Une histoire vous le prouvera cent fois mieux que le plus gros traité de morale.

Au temps jadis, alors que l'Allemagne et l'Italie étaient divisées en une foule de petites principautés, florissait le fantastique royaume de Mataquinois, qui avait pour capitale Mataquin. ville fort ancienne où résidait le roi Fantasio avec sa femme, la reine Pomponia. Ils avaient deux enfants, Conradinet, l'héritier présomptif de la couronne, et Primavera, jeune princesse aussi espiégle que jolie. Le roi Fantasio était non-seulement un excellent roi, mais encore un excellent père de famille. Son seul défaut était une excessive débonnaireté, car la faiblesse est presque aussi condamnable dans un souverain que l'extrême rigueur : aussi les sujets de Fantasio, voyant qu'il tenait le sceptre d'une main si peu ferme, l'aimaient beaucoup, mais ne le craignaient guère, et le sachant disposé à tolérer toutes leurs incartades, ils ne lui obéissaient que dans les cas où l'obéissance leur était agréable. Leur esprit d'indépendance n'échappait pas à l'observation du roi, mais il fermait les yeux et se contentait de mener la vie douce entre sa femme chérie et ses enfants bien-aimés.

Un jour que toute la famille royale était réunie au palais, après la réception officielle de plusieurs ambassadeurs et du corps diplomatique, le prince Conradinet, que le brillant cérémonial de cette présentation avait enthousiasmé vivement, dit au roi qui, fatigué de tant d'hommages plus ou moins sincères, se reposait avec délices dans un grand fauteuil infiniment plus commode que son trône :

— O mon père, que l'on est heureux d'être roi !

— Tu crois, mon enfant? Va, tu ne sais pas ce que c'est que la royauté : ma couronne a plus d'épines que de fleurons, et les avantages du pouvoir ne compensent pas les soucis qu'il cause.

— C'est égal, je voudrais bien être roi !

— Que dites-vous là, mon fils? répondit à son tour la reine Pomponia. Songez-vous bien que vous ne pouvez devenir roi qu'en perdant votre père, notre Sire? Serait-ce là ce que vous souhaitez?

— A Dieu ne plaise ! répliqua chaleureusement le petit prince ; mais je voudrais bien être roi en même temps que mon bien-aimé père : je désire de tout mon cœur ne jamais le devenir autrement.

— A la bonne heure, repartit la reine, mais ce que vous demandez-là est tout bonnement impossible.

— Impossible? Et pourquoi! dit en souriant le bon roi. Je puis faire du prince un souverain absolu, s'il me plaît.

— Comment l'entendez-vous, Sire? fit la reine étonnée.

— Laissez-moi faire, lui répondit tout bas Fantasio; je veux, par une petite leçon, corriger cet orgueil naissant.

— Conradinet, ajouta-t-il tout haut,

puisque vous êtes ambitieux, je vais prendre des mesures pour que votre ambition précoce soit pleinement satisfaite.

— Comment cela, mon père?

— Vous le saurez demain.

Le petit prince ne savait trop s'il devait prendre au sérieux la promesse du roi ou n'y voir qu'une raillerie. « Mon père, pensa-t-il, veut se moquer de moi pour me punir de mes folles visées ; il me prépare quelque royal poisson d'avril, c'est certain. » Néanmoins, Conradinet attendit le lendemain avec une fiévreuse impatience. « Cependant, se disait-il dans d'autres moments, si mon père voulait

en effet me couronner; quel bonheur!
Que de gloire et que de fêtes! Bah! c'est
impossible! » Pour la première fois de
sa vie, et ce ne devait pas être la dernière,
il ne put dormir de toute la nuit. Premier
résultat de l'ambition.

Le lendemain vint bien lentement,
mais il vint : le lendemain vient toujours.
Conradinet recevait chaque matin son
précepteur qui fut ce jour-là étonné de
l'inattention de son élève, ordinairement
plus studieux et plus docile. « Prince,
lui dit-il, vous songez, il me semble, à
toute autre chose qu'à notre leçon de géo-
graphie; puis-je vous demander quelles
sont les causes d'une si visible préoccupa-
tion ? »

—Ecoutez, dit Conradinet. Quel est ce bruit ?

—C'est un héraut d'armes qui fait à son de trompe une proclamation royale.

Conradinet courut à l'une des fenêtres de son appartement qui avait jour sur la grande place, et il entendit le héraut, après trois fanfares éclatantes, lire au peuple un nouvel édit conçu en ces termes :

« Nous, Fantasio XIII, roi de Mataquinois, à tous nos féaux sujets de Mataquin et de nos autres bonnes villes, savoir faisons, qu'à partir de ce jour nous cédons à notre bien-aimé fils le prince Conradinet une partie de notre pouvoir, en l'ins-

tituant roi des enfants du Mataquinois,
à qui nous ordonnons de lui obéir en
toutes choses comme à leur seul et légi-
time souverain, car tel est notre bon
plaisir. »

Trois nouvelles fanfares se firent entendre, et le héraut s'éloigna pour aller
répéter plus loin la même scène.

Conradinet en croyait à peine ses oreilles : il frémissait d'une indicible joie
qui tenait de l'ivresse, et l'orgueil, un
orgueil d'homme, rayonnait sur ce visage
d'enfant.

Il revint d'abord précipitamment vers
son précepteur, mais une réflexion sou-

daine l'arrêtant à mi-chemin, il modéra
son pas afin de ne pas compromettre la
dignité de sa couronne, et, prenant un
air grave, une attitude majestueuse et
un air digne :

— Vous avez entendu, monsieur de
Barbacrocci? dit-il à son gouverneur
stupéfait.

—Non, prince, je n'ai rien entendu.
Qu'est-ce donc ?

—Je suis roi !

— Quoi! notre excellent monarque...

— Est en parfaite santé. Mais on me

proclame par la ville roi des enfants de Mataquin!

—Prince! quelle est cette plaisanterie?

—Un roi ne plaisante pas, monsieur, et veuillez m'appeler *sire*; je ne suis plus prince.

—Sire, repartit avec une ironie marquée le précepteur, je ne comprends absolument rien à ce que m'annonce Votre Majesté.

—Vous le comprendrez un peu plus tard. En attendant, j'ai le regret de vous faire savoir qu'à dater de ce jour, vous cessez vos fonctions. J'accepte votre démission. Il vous sera alloué une indemnité sur notre cassette royale.

—Mais, en vérité, prince, il faut que le roi lui-même m'ordonne...

—Ne suis-je pas roi ?

—Il se peut, quoique... Mais enfin, je ne suis plus un enfant, moi, et par conséquent je ne puis être compté au nombre de vos sujets.

—Soit, mais je donne des ordres et n'en reçois pas.

Et Conradinet sortit avec lenteur, laissant son ex-maître au comble de l'ébahissement et plongé dans une entière disgrâce.

Le nouveau monarque se rendit dans l'appartement particulier du roi et de la reine, qu'il allait remercier avec effusion; mais au moment où il se jetait dans les bras de son père, celui-ci le repoussa doucement :

— Y pensez-vous, Sire? lui dit-il fort sérieusement.

— Quoi! mon père, vous me repoussez?

— Votre père... sans doute, je le suis... Mais, avant tout, je suis roi, et vous l'êtes aussi. Deux têtes couronnées ne se rapprochent pas si étourdiment, et l'on observe, entre puissances, un peu plus de cérémonial. Désormais, je vous appellerai *mon cousin*, c'est l'usage, et vous m'appellerez de même.

—Je ne pourrai jamais, murmura le petit roi en baissant les yeux.

— *Mon cousin*, vous vous y accoutumerez. Cela dit, je reçois de grand cœur les marques d'amitié et de cordiale entente que vous me témoignez, et vous offre en retour mes sincères félicitations.

— Auxquelles, dit la reine, je joins les miennes.

—Mais, ma mère, ne vous embrasse-
rai-je pas ?

—Il ne serait pas convenable, répondit-
elle.

— Et permettez-moi, mon cousin,
ajouta Fantasio gracieusement, mais du
ton le plus sérieux, de vous faire remarquer que vous devez à l'avenir appeler la
reine *madame*...

— Quoi ! parcequ'on règne, faut-il
donc se priver des caresses de ceux qu'on
aime ?

—Le *décorum*, mon beau cousin, est
la première obligation des rois.

—La royauté alors est moins agréable que je ne l'avais supposé.

Une larme, la première qui lui fût venue du cœur, perla au bord de ses longs cils blonds, et il ajouta avec une mélancolie, nouvelle aussi pour lui, mais qui n'était pas sans grâce :

—Je suis roi depuis quelques instants, et je souffre déjà. Quels sont donc les bonheurs qui m'attendent ?

—L'amour de vos sujets, si vous les gouvernez sagement, l'accomplissement de vos volontés, la satisfaction de votre amour-propre.

—Mais au moins, Sire, me daignerez-vous aider de vos conseils?

—Ah! je n'entends rien aux affaires. Prenez des ministres.

Conradinet n'avait jamais passé un jour sans recevoir les bonnes caresses paternelles et les doux baisers de sa mère. Aussi regagna-t-il, le cœur gros et plein d'amertume, son appartement pour y méditer à loisir. Il rencontra sa sœur Primavera, vers laquelle, oubliant tout à fait l'étiquette, il courut avec empressement. Il allait l'embrasser, comme de coutume, lorsqu'elle lui fit une révérence respectueuse, et lui dit :

—Sire, daignez agréer mon compliment...

—Je t'en dispense, petite sœur, embrasse-moi.

—Oh! Sire, je n'oserais; je ne suis plus que votre humble servante, et la première de vos fidèles sujettes.

—Toi aussi! N'importe, viens chez moi, nous avons beaucoup à causer.

—Votre Majesté y pense-t-elle? Ses courtisans l'y attendent. Peut-être même tiendrez-vous conseil, et je ne me mêle pas de politique. D'ailleurs, les *femmes* n'ont pas voix délibérative.

— Soit, princesse, répondit-il, faisant contre fortune bon cœur, je ne vous veux pas arrêter plus longtemps.

Et il la quitta cérémonieusement, mais plus triste encore qu'auparavant. Il trouva, en effet, dans une des salles de son appartement les enfants des plus nobles Mataquinois, qui s'étaient empressés de venir faire leur cour à leur jeune roi. Son orgueil en fut si flatté, qu'il oublia presque ses précédentes déconvenues. « Allons, se dit-il, plus de faiblesses : je suis roi, agissons en roi. »

— Vive le roi! vive Conradinet Ier! cria le chœur des courtisans.

— C'est bien, *messieurs*, dit-il en fai-

LE ROI DES ENFANTS.

VIVE LE ROI! VIVE CONRADINET 1er! CRIA LE CHŒUR DES COURTISANS.

sant un geste de la main, je vous remer-
cie. Je compte sur votre loyal concours
pour m'aider à inaugurer dignement mon
règne et à consolider mon gouvernement.

Sans plus tarder, Conradinet, ou plutôt
Conradin, car il trouva le diminutif ca-
ressant et mignard que ses parents lui
avaient donné trop enfantin pour un nom
de roi, Conradin, disons-nous, forma son
ministère. Il nomma son ministre de
l'intérieur un jeune noble, avec lequel
il avait souvent joué aux barres et qui
s'appelait Luidgi. Le premier décret royal
au bas duquel Conradin Ier apposa sa
signature et son sceau, fut rendu public
dès le premier jour de son règne. Il était
conçu en ces termes :

« Nous, Conradin Ier, roi des enfants Mataquinois, par la grâce de Dieu et la volonté du roi Fantasio XIII, notre père, avons décrété et décrétons ce qui suit :

» *Article premier* : Les vacances, dans les universités de notre royaume, commenceront désormais le 1er janvier et finiront le 31 décembre.

» *Article deuxième* : Notre ministre de l'instruction publique est chargé de l'exécution du présent décret. »

Par ce début, qu'il jugea fort habile, Conradin acquit une immense popularité. L'approbation de ses sujets fut unanime, et ils témoignèrent leur allégresse par une illumination générale. Ils se promenèrent tous, le soir, avec des torches et des lanternes chinoises. Le petit roi daigna paraître à son balcon et fut salué d'acclamations enthousiastes.

Quant aux sujets de Fantasio, ils chantaient une autre gamme. Mécontents avec raison de voir leurs enfants soustraits à leur autorité, ils accusaient le monarque d'arbitraire, de caprice absurde et même de folie. Ils voulurent le lendemain les envoyer à l'école comme à l'ordinaire, mais, à l'exception de quelques enfants studieux, la plupart de ces petits bonshommes, s'appuyant du décret rendu la veille, firent l'école buissonnière et se répandirent dans les rues où ils se promenèrent à loisir. Les parents, témoins de cette insubordination, et les professeurs, non moins contristés, maudirent Conradin et Fantasio.

Cependant, le roitelet ne devait pas s'en tenir là; il réunit ses ministres en conseil, et après une discussion raisonnée, adopta diverses mesures d'intérêt public. Sur la proposition du ministre de l'agriculture, il décréta qu'à l'avenir on pourrait dénicher des nids en toutes saisons. Le ministre du commerce lui présenta une loi qui abaissait de moitié le prix des jouets et des friandises. Le ministre de la marine demanda que l'état entretînt une flotte sur le grand bassin du jardin royal. Le ministre de la guerre obtint sans opposition de la part de ses collègues la formation d'une garde du corps et d'une milice urbaine : il fut convenu que les uniformes seraient magnifiques et que l'on organiserait un régiment de cavalerie, dès qu'on aurait trouvé des chevaux dont la taille fût proportionnée à celle des sujets de Sa Majesté.

Ces diverses lois furent accueillies avec une extrême faveur parmi les petits Mataquinois, et les parents furent outrés de colère. Mais le roi des enfants ne tint aucun compte de leurs réclamations; il ne cherchait qu'à plaire à son peuple. Son unique soin fut de mettre en vigueur ses triomphants décrets. Mais là était justement la difficulté. Pour gouverner il faut de l'argent, beaucoup d'argent, et il n'avait que celui de ses menus plaisirs, budget fort insuffisant pour un monarque absolu. Que faire ? Il alla consulter sur ce point délicat le roi Fantasio, dans l'espoir d'obtenir de sa générosité habituelle quelques subsides.

— Mon cousin, lui dit le roi, je donnerais volontiers quelques poignées de florins à mon fils, mais je ne peux subvenir aux dépenses de deux royaumes. D'ailleurs, il serait humiliant pour un souverain de tenir ses revenus d'un autre souverain, son égal. Vous aurez donc à vous créer désormais des ressources pour vous-même.

— Et comment, Sire ?

— Levez des impôts. Il n'y a pas d'autre politique en pareil cas.

— Mais ma popularité ?

— Vous en achèterez. Ayez d'abord de l'argent.

Conseil aussitôt donné, conseil aussitôt suivi. Le ministre des finances de Conradin fut chargé de faire un budget respectable à S. M. En conséquence une loi fut promulguée, qui obligeait les petits Mataquinois à verser dans les caisses du gouvernement le dixième de leur revenu, c'est-à-dire de l'argent mignon qu'ils tenaient de leurs familles. Dire qu'ils en furent enchantés, ce serait faillir à notre devoir d'historien véridique. Cependant, grâce à l'attrait de la nouveauté, ils s'exécutèrent d'assez bonne grâce.

Dès lors, Conradin monta sa maison et mena un train vraiment royal. Il acheta des châteaux et des domaines. Il organisa des simulacres de chasse, mais il ne voulut jamais faire couler le sang des bêtes inoffensives, car son cœur était bon et il eût sévèrement puni quiconque aurait maltraité quelques-uns des charmants animaux dont il avait peuplé ses parcs, et surtout ses jolies biches, devenues si familières, qu'elles accouraient d'elles-mêmes vers les visiteurs et leur mangeaient dans la main.

Cependant les lois trop complaisantes qu'il avait rendues commençaient à produire les résultats qu'on en devait attendre et des symptômes de désordre se manifestaient parmi le petit peuple de Mataquin. Les écoles étaient complétement désertes, mais les rues et les places publiques regorgeaient de paresseux qui, protégés par le nouveau code, étalaient sans vergogne leur vice autrefois réprimé. Les jeux de toutes sortes avaient remplacé les versions et les thèmes, et l'on ne voyait plus que des enfants confectionnant des cocottes avec les feuillets de leurs anciennes grammaires ou faisant voler par les airs des bulles de savon. Et puis, comme ils faisaient tous partie de la milice, le maniement des armes les avait rendus batailleurs. Ce n'était plus que provocations, querelles et rixes. On vit plus d'une fois de jeunes bretteurs en venir aux mains en pleine rue et ferrailler avec rage. Ces duels faisaient pâmer de rire les domestiques, mais les personnes raisonnables, et les parents surtout, étaient consternés.

De son côté, Conradin commençait à trouver lourde sa tâche. Ses ministres lui causaient de fortes contrariétés. Il avait destitué Luidgi, son ministre de l'inté-rieur, enfant doux de visage et de carac-tère, mais que le petit roi trouvait d'un commerce ennuyeux, parce qu'il ne savait qu'approuver en toutes circonstances, ne hasardait jamais la moindre objection, et ne faisait, pour ainsi dire, que répéter les paroles du maître, ce qui semblait à ce dernier d'une monotonie fatigante. Il choisit un ministre tout différent, trop différent même, puisqu'il le renvoya aussi parce qu'il ne put tolérer sa franchise, sa verdeur d'opposition et son libre parler. Depuis qu'il était maître du pouvoir, Conradin était devenu fort exigeant, rien ni personne ne le contentait.

Il augmenta ses dépenses, et, par conséquent, fut amené à doubler les impôts, ce qui le perdit dans l'esprit de ses sujets. Les enfants avaient pris l'habitude de l'insoumission à leurs parents, de là à la rébellion envers leur prince, il n'y avait qu'un pas. Ils le firent bien voir en payant fort mal leurs impositions, ce qui rendit Conradin furieux.

L'ignorance et l'oisiveté, double résultat de la perpétuité des vacances, firent des enfants de Mataquin un petit peuple ingouvernable. Leur roi s'aperçut enfin de son imprudence, mais il était trop tard, et quand il décréta la réouverture des écoles, sans vacances ni jours de congé (autre excès), ses sujets refusèrent d'obéir. Il menaça, ce fut en vain. Il avait semé les vices, il récolta l'insurrection.

Pauvre petit roi des enfants! Il connaissait maintenant les douceurs de cette souveraineté qu'il avait si vivement dési-

rée ! Au plus fort de la crise gouverne-
mentale qu'il traversait si péniblement, il
lui arriva plus d'une fois de s'écrier : ô
mon père ! Mais son père était devenu son
cousin. Il assembla ses ministres et cher-
cha, de concert avec eux, les moyens
de salut. Les ministres n'en trouvèrent
qu'un seul : ils donnèrent tous leur démission. Son ministre de la police seul
n'était pas présent. Il arriva bientôt et
dit à Conradin :

— Sire, j'ai un rapport important à
vous faire, si important que je sollicite
la faveur d'une audience particulière.

Le petit roi le fit entrer dans son
cabinet.

— Parle, Renardo ! quelles sont les dispositions de mon peuple ?

— Sire, j'ai découvert une conspiration.

— Contre ma personne ? je m'y attendais.

— Non pas. sire, mais contre S. M. Fantasio XIII.

— Contre mon père ! est-il possible ? courons le prévenir. Oh ! les petits serpents !

— Petits, Sire ? Ils sont au contraire fort grands. Il ne s'agit pas d'un complot

d'enfants ; plusieurs sujets de votre royal
père ont projeté de se rendre aujourd'hui
même au palais et de le forcer à descen-
dre du trône, afin de le punir, disent-
ils, de sa faiblesse.

—Quelle faiblesse lui reprochent-ils
donc ?

—Celle d'avoir condescendu à vos
désirs en vous instituant roi des enfants
de Mataquin, corrompus, prétendent-ils,
par vos lois.

—C'est bien. Redouble de vigilance.
Le roi est à la chasse, et moi je me
rends dans sa grande salle de réception.
Quand les conjurés se présenteront, c'est
là qu'il faut les introduire.

— Quel est votre dessein, Sire ?

— Tu le verras. Exécute mes ordres à la lettre.

Quelques heures après cet entretien, six Malaquinois, tous de la plus haute naissance, arrivaient au palais et demandaient à parler au roi, ce qui leur fut accordé. Mais ils furent singulièrement désappointés lorsqu'ils se trouvèrent en présence, non pas de Fantasio, mais de Conradin qui, entouré de toute sa cour, debout sur les marches du trône, couronne en tête et sceptre en main, les invita gracieusement et avec une sérénité parfaite à exposer le motif de leur visite.

Ils s'entre-regardèrent fort étonnés et attendant que l'un d'eux prit la parole. Conradin mit fin à leur embarras en la prenant lui-même.

—Vous êtes venus, n'est-ce pas, illustres seigneurs, pour déposer un roi? Eh bien, je me présente à vous. Accomplissez votre œuvre.

—Prince, murmura l'un d'eux, notre dessein…

— Je viens de le faire connaître : toute feinte est inutile. Oh! je n'ignore pas vos griefs, et même je les trouve fondés. Mais c'est moi seul, entendez-vous, qui ai péché par envie et par ambition, c'est sur moi seul que vous avez à vous venger des maux que je déplore aujourd'hui plus amèrement peut-être que vous.

En ce moment, le roi et la reine, revenus de leur chasse, firent leur entrée dans la grande salle. Primavera les suivait.

Conradin s'avança au-devant d'eux, et, mettant un genou en terre :

—Sire, dit-il en déposant le sceptre et la couronne aux pieds du roi, souffrez que j'abdique une autorité qui me pèse et daignez me pardonner le fol orgueil qui m'a porté à souhaiter un pouvoir que vous ne m'avez concédé, je le comprends maintenant, que pour me donner

une leçon efficace et dont je me souvien-
drai toute ma vie.

Il fut interrompu par un grand bruit.
Les enfants criaient sous les fenêtres : A
bas Conradin !

— Vous le voyez, poursuivit-il, je tom-
be sous les malédictions de mon peuple,
heureux encore si, pour me relever, je
retrouve la main d'un père et si votre
cousin, Sire, redevient votre enfant.

Fantasio XIII serra le petit ex-roi dans
ses bras d'où il passa dans ceux de la
reine qui l'embrassa tendrement.

— Ah ! ma mère, lui dit-il les larmes
aux yeux, tous les trônes du monde ne
valent pas un baiser de vous.

Ainsi furent à la fois apaisées la sédition des enfants et l'irritation des parents. Le soir de ce même jour, tous les petits Mataquinois reçurent le fouet dans leurs familles, et le lendemain ils rentrèrent dans les écoles. Chaque père redevint l'unique roi de ses enfants, et tout le monde s'en trouva mieux.

Conradin redevint de son côté Conradinet comme devant. Bien des années après, il succéda à son père sous le nom de Conrad, et gouverna prudemment les hommes, grâce à la précoce expérience qu'il avait acquise du temps qu'il était *roi des enfants.*

MOMUS ET MARMOT.

CE N'EST POINT UN MIRACLE, MON ONCLE, DIT AMÉDÉE.

Imprimerie et lithographie de Haguenthal, Pont-à-Mousson.

MOMUS ET MARMOT.

M. de Brunoy était un vieux soldat tout couvert de cicatrices, qui, après avoir parcouru l'Europe en tous sens à la tête d'un régiment dix fois décimé, et avoir glorieusement versé son sang sur plus de vingt champs de bataille, s'était cru assez récompensé de sa bravoure et de ses services, en voyant son nom mentionné avec honneur dans les bulletins de la Grande-Armée. A la chute de l'Empire, il avait remis son épée au fourreau pour ne plus l'en retirer ; car la Restauration l'avait admis prématurément à faire valoir ses droits à la retraite : en d'autres termes, elle l'avait destitué. Peu sympathique au nouvel ordre de choses, il était resté dévoué à la cause impériale, qui était pour lui une religion ; mais il renfermait dans son cœur, ainsi que dans un sanctuaire, les chers et glorieux souvenirs au culte desquels il avait consacré sa vieillesse. Voulant vivre désormais également éloigné du bruit des villes et des intrigues du monde, il s'était fait agriculteur. Comme presque tous les membres de sa famille habitaient le département de l'Aisne, il était venu s'établir au fond d'une ravissante campagne qu'il avait achetée près de Braisne-sur-Nesle. Dans cette paisible retraite, la culture de ses terres, des promenades à cheval et de longues rêveries rétrospectives qui n'étaient pas dépourvues de charmes, occupaient son temps, jadis plus brillamment sinon plus utilement employé.

Le 27 août de l'année 1820, le colonel de Brunoy se leva de plus grand matin qu'à l'ordinaire, et il appela Baptiste, digne garçon qui avait servi dans son régiment avec le grade de caporal, et dont il avait, en 1815, fait son domestique.

— Baptiste, lui dit-il, préparez mon porte-manteau et sellez mon cheval. C'est aujourd'hui qu'on couronne mes neveux

au collège de Soissons, et je leur ai pro-
mis d'assister à leur triomphe.

— Bien, mon colonel. La vue de leurs
lauriers vous rappellera les vôtres !

— Vous faites le flatteur, Baptiste. Mais
allez tout disposer pour mon départ.

M. de Brunoy entendit bientôt son cheval hennir et piétiner d'impatience dans
la cour.

— Friedland est prêt, mon colonel,
vient dire le caporal palefrenier.

— Cela suffit, Baptiste ; je ne vous en
demande pas davantage. Vous savez bien

que je n'ai pas besoin qu'on me tienne
l'étrier.

— Monsieur n'oublie rien?

— Il ne me reste plus qu'à dire adieu
à Momus. Amenez-le moi.

Baptiste s'éloigna, et revint presque
aussitôt accompagné d'un superbe chien
danois, qui, dès qu'il aperçut son maître,
courut à lui, le flaira vivement, lui lécha
les mains et l'accabla de caresses.

— Adieu, mon pauvre Momus, lui dit
amicalement le colonel; il faut rester à la
maison, je ne puis pas te permettre de me
suivre. Adieu, ma bonne bête!

Le danois comprit parfaitement le sens de ces paroles, baissa la queue et les oreilles, et regarda, immobile et pensif, avec une triste mais éloquente expression de regret et de résignation, son maître, qui montait à cheval.

— Surtout, Baptiste, cria le colonel en donnant le premier coup d'éperon, ayez bien soin de Momus : qu'il ne manque de rien !

— Mon colonel, vous pouvez être tranquille.

— Vous savez combien j'aime cet animal, insista M. de Brunoy. Vous m'en répondez !

— N'en prenez aucun souci, mon colonel.

— C'est bien.

Le colonel, sur cette assurance, lança
Friedland au galop.

Laissons-le suivre la route de Braisne à
Soissons, et transportons-nous avant lui
au collége de cette ville.

Trois de ses neveux, enfants dont le plus
âgé pouvait avoir quinze ans, se trouvaient
réunis dans le parloir, occupés à dresser
leur plan de campagne pour les vacances
qui allaient commencer.

— Ainsi, c'est bien convenu, disait Achille, nous irons tous trois passer la meilleure partie de nos vacances chez notre oncle de Brunoy. Mais réglons d'avance le programme de nos amusements.

— D'abord, dit Raoul, nous ferons de la gymnastique.

— Oh ! toi, interrompit Hippolyte, tu es adroit comme un singe et fort comme un cyclope ; tu prêches pour ton saint.

— Nous sauterons, nous jouerons aux barres, reprit Raoul, nous mettrons le jardin au pillage pour désespérer Baptiste. Nous chasserons, nous pêcherons et nous

nous promènerons. Le plus certain, c'est
que nous ne travaillerons pas.

—Je suis d'accord sur ce point avec toi,
Raoul, repartit Hippolyte. Quelle maison
du bon Dieu, que celle de notre oncle! il
n'y en a pas au monde une pareille! On y
pratiquerait des fouilles depuis la cave
jusqu'aux combles sans y trouver un seul
feuillet de *Gradus;* il n'y a pas l'ombre
d'une grammaire, pas la trace d'une pro-
sodie, pas la queue d'une racine grecque,
pas le plus léger soupçon du moindre *Epi-
tome*. C'est un véritable paradis!

— En revanche, ajouta Hippolyte, on
y est choyé, gâté, fêté; on y voit toutes
sortes de curiosités, que notre oncle a

rapportées de ses guerres, et on n'en revient jamais les mains vides..... Là, au moins, il n'y a pas de *pensums* pour nous.

Des cris et des rires bruyants qui faisaient explosion dans la cour, empêchèrent Hippolyte d'achever sa phrase. Au moment où les trois cousins allaient sortir pour savoir la cause de ce tapage, un enfant, haletant, éperdu, s'élança dans le parloir, comme pour y chercher un refuge.

— C'est toi, Amédée? dit Achille; je ne m'en étonne pas. On riait de quelqu'un, ce me semble; ce devait être de Marmot.

— Pourquoi m'appelez-vous toujours

UN ENFANT, HALETANT, ÉPERDU, S'ÉLANÇA DANS LE PARLOIR,..

Marmot? demanda l'enfant. C'est vous, mes cousins, qui m'avez donné ce sobriquet, et tous les autres maintenant vous imitent. On n'est pourtant plus un marmot quand on a dix ans sonnés.

— En effet, on est un homme, répliqua Raoul en ricanant.

— Je ne suis pas un homme, mais, vous non plus, vous n'êtes pas des hommes : et pourquoi vous moquez-vous toujours de moi?

— Veux-tu qu'on te le dise une bonne fois?

— Je ne demande que cela.

— Eh bien ! c'est, non pas parce que tu es plus petit et plus jeune que nous, mais parce que tu es plus *bête,* qu'on t'appelle Marmot.

— Et, ajouta Hippolyte, parce qu'au lieu de faire en toute occasion cause commune avec nous, tu es un petit sauvage qui reste toujours tout seul dans un coin comme un imbécile ou un galeux, et boude toute l'année. Tu restes tranquille comme un saint de bois pour te faire bien venir des maîtres, et tu n'es qu'un hypocrite. Tu ne donnes jamais de horions par *cagnerie,* mais tu en reçois pour ta peine et tu en recevras encore.

— Vous êtes bien injuste envers moi,

répliqua l'enfant près de pleurer. Ce n'est pas par hypocrisie que je passe des heures entières sans jouer comme vous, car il n'y a pas de honte à jouer. Mais chacun de vous me rebute et me tourmente. Voilà ce qui fait que je reste seul. Et si vraiment je suis bête, ce qui est bien possible, il y a peut-être plus de votre faute que de la mienne. On ne peut pas gagner de l'esprit dans la société de ceux qui vous découragent et ne veulent vous parler que pour vous dire des injures ou des moqueries.

— Pourquoi te soutiendrions-nous, Marmot ? fit dédaigneusement Achille. Tu es notre cousin, il est vrai, mais c'est de quoi nous enrageons, car tu es si pauvre, que si notre oncle de Brunoy ne donnait pas de l'argent à tes parents pour payer ta pension, ils te retireraient du collége. Aussi tu es toujours habillé comme un mendiant. Crois-tu que cela nous fasse plaisir de te voir misérablement vêtu et approvisionné, quand tous les élèves savent que tu es de notre famille? Est-ce si agréable que personne ici n'ignore que la mère de notre cousin est une petite marchande de rouennerie et de bonneterie?

—Tu es donc bien orgueilleux, Achille? dit le petit.

— Assez pour rougir de toi.

— Voyons, ne disputons pas...... au-

jourd'hui, dit Hippolyte. Qu'avais-tu,
Marmot, à courir ainsi quand tu es entré
tout-à-l'heure ?

— Je voulais échapper aux taquineries
et aux méchancetés de mauvais camarades. J'avais un joli petit moineau à
l'éducation duquel j'avais employé deux
mois tout entiers. Ils me l'ont pris dans
mon pupître, et ils me l'ont plumé tout
vivant. Et comme je leur reprochais leur
noirceur et leur dureté, ils ont voulu me
battre.... Que leur avais-je fait ?

— Bah ! fit Raoul, il n'y a pas grand
mal.... Pourquoi aussi as-tu toujours la
manie d'apprivoiser de plus ou moins vi-
laines bêtes ?

— Puisque les bêtes seules m'aiment, répondit l'innocent, et qu'elles sont plus faciles que vous à apprivoiser !

Les élèves du collége de Soissons, à l'instigation des neveux de M. de Brunoy, avaient fait d'Amédée leur *patiras*. Son extrême douceur, sa timidité excessive, l'inaltérable bonté de son caractère, l'exiguité de sa taille et sa frêle organisation l'avaient tout d'abord désigné à la tyrannie de ses jeunes.camarades. Il semblait prédestiné au rôle douloureux qu'ils lui faisaient jouer. Cette persécution incessante qu'il endurait avec une patience angélique, avait donné plus de relief encore aux défauts purement physiques de cette nature frêle, délicate et craintive,

qui, au contact de ces antipathies, se re-
pliait sur elle-même comme une sensitive
brusquement effleurée. De timide il était
devenu sauvage, de confiant soupçon-
neux, de gai profondément triste. Les
maîtres n'ayant pas pénétré à temps le se-
cret de son découragement et de son iner-
tie, en étaient venus à partager les préven-
tions de ses camarades. Ne voyant en lui
qu'un enfant dont l'intelligence retardait,
ils le négligeaient ou le traitaient en paresseux vulgaire. Amédée souffrait de cet
abandon, mais ne s'en plaignait pas. Il se
disait même quelquefois que ce traitement
était peut-être juste, que si son esprit était
médiocre, il ne pouvait rendre ses maîtres
responsables de son incapacité. Persuadé
que ses efforts n'aboutiraient à aucun ré-

sultat, il apporta dans l'accomplissement de sa tâche quotidienne une mollesse qui justifia l'opinion peu favorable qu'on avait de ses talents. Son impuissance fut reconnue par tout le monde, et lui, ne se doutant pas que de précieuses facultés pouvaient dormir longtemps et rester inaperçues, il accepta ou plutôt il subit avec une naïve résignation, le jugement qu'on avait porté contre lui avec une apparente équité.

Chacun sait que, dans les colléges, les enfants, trop souvent barbares, se procurent les animaux des espèces les plus diverses : hannetons, oiseaux à peine éclos, petites grenouilles vertes, araignées, lézards, souris, pour les dresser à de bizarres exercices, les tourmenter de mille manières et se faire un jeu de leurs tortures. Amédée ne s'associait jamais à de si cruelles récréations; il mettait au contraire tous ses soins à recueillir ces pauvres victimes, à les délivrer, à leur être doux et compatissant. Il avait toujours quelque insecte à nourrir, quelque rongeur à entretenir. Il épargnait à chacun de ses repas un peu de pain et de dessert pour ses protégés dont il se faisait des amis qui lui tenaient lieu de tout. Il se consolait avec eux de la malveillance de ses faux camarades, et s'il n'acquérait pas autant de connaissances que ses cousins, il s'élevait du moins par le cœur bien au-dessus d'eux. Nous les avons vus se moquer de son penchant louable, de ses sympathies touchantes qu'il avait vouées aux êtres faibles et

souffre-douleurs dont il assimilait la condition à la sienne. Ils ne voyaient dans cette
sollicitude de Marmot pour les bêtes, autre
chose que le goût dépravé d'un niais ou
la visible manie d'un idiot, enfin une évi-
dente preuve de son infériorité. Mais leur
plus véritable grief contre lui, c'était sa
pauvreté, qui les humiliait. Les trois de
Brunoy, fils de deux frères du colonel,
ne pouvaient entendre sans impatience
et sans contrariété vive, les autres élèves
appeler *leur cousin,* ce petit Amédée Vallery dont la mère, quoique sœur du colonel, avait épousé un petit marchand sans
fortune et sans éducation. Ces différences
de condition avaient d'abord envenimé
les rapports entre les de Brunoy et le petit
Vallery, et ils n'avaient jamais manqué

une seule occasion de faire voir qu'ils le reniaient et le jugeaient indigne de cette noble parenté.

Chose triste à dire! le colonel lui-même, subissant sans s'en apercevoir la pernicieuse influence de ses neveux, n'avait pas pour le pauvre paria les attentions et les tendresses qu'il prodiguait à ses oppresseurs. Soit qu'il eût ajouté foi à des insinuations perfides, soit qu'il ressentît une prédilection particulière pour ceux qui portaient son nom, et aimât moins sa sœur que ses frères, il donnait de fréquentes preuves de sa partialité, et s'il n'encourageait pas les vexations dont les de Brunoy se rendaient coupables envers Marmot, du moins il ne les réprimait pas non plus;

souvent même il en riait tout le premier. Impardonnable faiblesse, si un aveuglement soigneusement entretenu par les intéressés ne lui eût pas servi d'excuse!

Arrivé à Soissons, le colonel alla droit au collége et fit demander ses neveux. On lui envoya au parloir Achille, Raoul et Hippolyte. Le principal ne crut pas devoir déranger Amédée qui était à l'étude. Les préférences de l'oncle n'avaient pas échappé à sa perspicacité. Le colonel, sincère et loyal même dans ses erreurs, trahissait facilement les secrets les plus intimes de son cœur. Aussi, quand il parlait de *ses neveux,* on comprenait toujours, par un accord tacite, qu'il sagissait des trois de Brunoy.

Le colonel embrassa les trois collégiens aussi affectueusement que s'il eût été leur père, les accabla de questions et souscrivit à toutes leurs demandes. Ce ne fut qu'au moment de les quitter qu'il se souvint de son quatrième neveu.

— Amédée se porte bien aussi, n'est-ce pas? demanda-t-il.

— Il ne travaille pas assez pour en être incommodé, répondit Raoul traîtreusement.

— Ce diable d'enfant! il ne veut donc pas mordre à l'instruction?

— Oh! si, répondit Achille avec malignité ; il s'instruit à merveille dans l'art d'apprivoiser les chauves-souris, d'alimenter les chenilles, et de faire des nids aux mulots. Ce cher Marmot ?

Aux petits des oiseaux il donne la pâture,
Et n'est pas plus savant qu'eux en littérature.

— Ainsi vous croyez qu'il n'aura pas de prix ?

— Il peut prétendre à plusieurs prix au contraire, répondit Hippolyte. On lui réserve sans doute le prix de silence, il ne dit jamais rien : le prix de modestie, il brille si peu ; et le prix d'histoire naturelle, il apprivoise si bien les animaux nuisibles et se plait tant en la compagnie des insectes les plus hideux.

— Allons! allons! mauvaises langues
vous vous attaquez toujours à cet enfant.
Vous êtes de petits drôles. Adieu, mes
amis, à demain.

Le lendemain eut lieu la distribution
solennelle des prix. pour parler en style
de liste officielle.

Achille remporta les prix de vers latins,
de thême grec, et de mathématiques;
Raoul, qui excellait dans tous les exercices du corps, celui de gymnastique, qui
fut peu disputé; Hippolyte ceux de com-
position française, de langues étrangères
vivantes, et de dessin.

Quant à Amédée, à ce pauvre Marmot,
maladif et vilipendé, point de mire de

toutes les dérisions et de tous les quolibets, jouet chétif de tout le collége, victime inoffensive des tours les plus sataniques, des espiégleries les plus aiguës, des plaisanteries les plus humiliantes, le jour de la fête fut pour lui un jour de martyre. Les triomphes de ses cousins ne servirent qu'à rendre plus sensible et plus apparent son affront. Après les avoir vu couronner, il reçut un accessit d'assiduité, cette récompense qu'on donne à ceux qui n'en peuvent mériter d'autre.

Après la distribution, M. de Brunoy réunit ses neveux, sans exclusion, cette fois, d'Amédée Vallery.

— Mes amis, leur dit-il, une affaire

importante m'oblige d'aller à Laon et m'y retiendra peut-être quelques jours. Je ne puis donc vous conduire moi-même à Braisne, mais vous allez m'y précéder. J'écris à Baptiste pour qu'il dispose tout ce qui est nécessaire à votre séjour chez moi et se mette à vos ordres. J'espère que vous vous conduirez sagement, comme de de petits hommes. Je ne tarderai pas à vous rejoindre.

Après avoir embrassé M. de Brunoy, les quatre collégiens montèrent dans la diligence de Braisne, et dès le soir de ce même jour, ils furent installés dans la maison de leur oncle. Au grand désespoir de Baptiste, ils furent les maîtres absolus pendant trois jours entiers.

— Vous êtes-vous bien amusés, mes enfants?

Tel fut le premier mot du colonel, dès qu'il eut mis pied à terre à son retour, après une absence de trois jours seulement.

— Oui, mon oncle, parfaitement, répondit chacun d'eux, à l'exception d'Amédée qui garda le silence.

— Tu ne dis rien, toi, mon garçon? lui demanda M. de Brunoy.

— C'est que, mon oncle, répondit l'enfant avec hésitation, j'ai du chagrin..... pour vous.

— Pour moi! bah! Qu'est-ce donc?

— Demandez à Baptiste.

— Comment, tu ne peux pas me dire?..

— Je n'ose. Baptiste vous apprendra.

— Ah! j'y suis, fit Achille. Pourquoi tant de mystère? C'est une niaiserie dont Marmot fait une affaire considérable avec sa singulière adoration des animaux.

— Comment, des animaux? s'agirait-il de Momus?

— Précisément. Un accident! Mais il y a d'autres chiens que lui. et si vous tenez à en avoir un, je me charge de la chose.

— Quoi! Momus?

— Est mort, mon oncle, répondit Raoul. Le lendemain de notre arrivée, Baptiste l'a conduit à la ville, et en traversant un chaume, à ce qu'il dit, Momus a reçu dans le flanc la charge d'un fusil détourné de sa direction. Il y a des chasseurs si ma-ladroits!

— Mille millions d'obusiers! Quoi? Momus tué! tué par la faute de ce butor de Baptiste! Oh! il me paiera cher un tel malheur!

— Il ne faut pas lui en vouloir, mon

oncle, dit Hippolyte; il ne pouvait pas prévoir qu'un chasseur prendrait votre chien pour un lièvre.

— Tu as raison, si la chose s'est réellement passée ainsi. Et qu'a-t-il fait de cette pauvre bête?

— Il a déclaré l'avoir jetée à la rivière, après s'être bien assuré qu'elle était morte.

— Faut-il que je sois allé à Laon pour cette maudite affaire! s'écria le colonel. Un chien auquel j'étais si attaché et qui m'était si fidèle! Vous ne savez pas qu'un jour, attaqué par deux hommes armés, j'aurais infailliblement péri, si Momus ne fût venu à mon secours et n'eût pas mis

en fuite mes agresseurs. Il m'avait sauvé
la vie, ce beau et brave danois! Et périr
ainsi! Ce n'était pas un chien ordinaire,
c'était un hôte, c'était un ami!

Baptiste eut un mauvais quart-d'heure
à passer. Mais le colonel en assouvissant
sa colère, ne s'en consola pas plus vite.
Il porta dans l'âme le deuil de son chien.
La peine que lui causait cette perte attrista
la maison pendant plusieurs jours, après
lesquels, la vivacité des premiers regrets
calmée, il fit sur lui-même un effort pour
reprendre son humeur habituelle, afin que
sa physionomie troublée n'arrêtât point
dans son essor la gaîté de ses neveux.

La fête du colonel, la saint Mathieu,

qui est le 21 septembre, approchait. Les de Brunoy délibéraient un jour sur les réjouissances par lesquelles ils se promettaient de la célébrer. Leur oncle, qu'ils ne croyaient pas si près d'eux, entendit tout.

— Je vais vous tirer d'embarras, mes amis, leur dit-il. Puisque vous voulez me fêter, faites tourner à votre amusement cette intention dont je vous sais gré. Au lieu de combiner en commun vos moyens, que chacun de vous suive son inspiration particulière sans la confier aux autres. Tout ce que vous imaginerez me sera certainement agréable, et il n'y aura parmi vous ni premier ni dernier. Cependant pour que l'émulation ajoute un attrait de plus à vos dispositions secrètes, j'établis un petit concours. Celui qui me causera le plaisir le plus vif et la surprise la plus ingénieuse sera proclamé vainqueur, et aura pour prix les jolis petits pistolets incrustés de nacre que vous avez si souvent convoités. Je ferai un sacrifice en les lui cédant, car c'est un souvenir de mon bon temps, et j'y tenais beaucoup. Maintenant rivalisez loyalement, la lice est ouverte !

— Le Marmot sera-t-il du concours ? demanda le bel Achille avec une pointe de raillerie aigre.

— Tout le monde est appelé, répondit l'oncle, mais il n'y aura qu'un élu.

A partir de ce moment les concurrents

s'isolèrent, dérobant avec soin à la curiosité indiscrète ce qu'ils préparaient pour le jour du jugement avunculaire. Hippolyte s'enfermait prudemment dans sa petite chambre. Achille éloignait tout le monde de l'office quand il y restait, et il faisait de fréquentes excursions à Braisne. Raoul ne quittait presque pas un petit bois assez voisin de l'habitation de M. de Brunoy. Amédée, de son côté, paraissait disposé à ne pas abandonner la victoire sans combat. On ne le voyait presque plus à la maison. Mais où passait-il ses journées? C'est ce que ses cousins cherchèrent vainement à découvrir. Ils le suivirent plusieurs fois se croyant inaperçus. Mais le Marmot, plus fin qu'ils ne le supposaient, leur donna le change et trompa leurs investigations.

Le grand jour, impatiemment attendu, arriva. Une splendide collation fut servie aux champions de ce tournoi d'un genre nouveau, qui tous en voyaient l'instant approcher avec une inquiétude difficilement maîtrisée. La paire de charmants pistolets nains fut déposée sur une table et la joûte commença.

Les noms furent écrits, mis dans une boite et remués. Celui d'Hippolyte fut le premier qui en sortit.

Hippolyte offrit à son oncle une aquarelle où le colonel était représenté debout sur un pont jonché de cadavres et entouré de soldats français victorieux. Dans le lointain fuyaient des ennemis tirant encore

quelques coups de feu hors de portée. Au-
dessus de la tête du vieux guerrier planait
le génie de la gloire, tenant en main une
couronne. Au bas du dessin, Hippolyte
avait écrit ces deux vers de sa façon :

Héroïque soldat de Wagram et d'Eylau ;
De Brunoy sut braver le feu, le fer et l'eau.

A ces ressouvenirs qui faisaient battre
vivement son cœur, le vieux colonel s'at-
tendrit, et embrassa son neveu avec effusion. Mais pour jouer dignement son rôle
de juge, il garda le silence, et tira un second billet.

— C'est le tour d'Achille, prononça-t-il
gravement.

Achille courut à ses pièces... d'artifice qu'il disposa devant le tribunal de son oncle. Il saisit une mèche et l'approcha d'une traînée de poudre. Aussitôt parut dans l'air, resplendissante et crépitante, une étoile de la Légion-d'Honneur enflammée. Au-dessus se lisait : *Austerlitz,* nom de la bataille où le colonel avait gagné la croix d'officier de l'ordre, et au-dessous : *Longue vie aux glorieux.*

M. de Brunoy trouva l'idée excellente, embrassa son second neveu avec une émotion croissante, et, d'un ton calme, s'adressant ensuite à Raoul :

— Est-tu prêt pour l'épreuve, demanda-t-il ?

—Veuillez m'accompagner, mon oncle,
je vous prie.

Raoul conduisit son juge et ses rivaux
derrière le jardin. Là, il avait disposé des
haies qui coupaient le terrain à quelques
pas d'un fossé profond. Des planches dres-
sées plus loin figuraient une redoute.

— Mon oncle, dit-il, j'ai dressé votre
cheval aux exercices militaires, et j'ai fait
de ce pékin une excellente monture de
carabinier qui ne craint ni l'odeur de la
poudre ni les détonations. De plus vous
allez voir comme il franchit les obstacles
et se rue à l'encontre de l'ennemi. Je vous
prie, en outre, de remarquer mon propre

savoir-faire, ma solidité en selle et la précision de mes mouvements.

Et le jeune homme, chargeant et déchargeant son petit fusil de chasse avec une étonnante facilité, fit sauter et caracoler son cheval qui ne s'effraya point des coups de feu, franchit d'un bond haies et fossés, renversa le fort en planches, et se conduisit le plus vaillamment du monde, tandis que son cavalier, l'excitant de la voix et du geste, déployait lui-même la plus brillante audace et simulait à ravir l'exaltation de soldat sur un champ de bataille.

M. de Brunoy, qui s'enivrait avec délices de l'âcre parfum de la poudre, parut enchanté de ces manœuvres. Il voyait avec plaisir que son troisième neveu eût une humeur et des goûts qui lui rappelaient sa propre jeunesse.

On aura remarqué sans doute que les de Brunoy, désireux de posséder la paire de pistolets, avaient tous trois, sans s'être entendus cependant, dressé les mêmes batteries et suivi la même voie pour arriver au but. Ils connaissaient bien les côtés vulnérables du colonel, et c'était par là qu'ils l'avaient attaqué avec un merveilleux ensemble. Ils avaient avec habileté spéculé sur son amour-propre de brave militaire, et, fins courtisans, avaient choisi pour parvenir le moyen le plus sûr : la flatterie. Ils avaient tous trois réussi également, et le colonel se trouvait fort embarrassé pour décerner le prix.

— Qui de nous, mon oncle, a mérité le mieux les pistolets? demanda Raoul quand ils furent rentrés.

— Mais n'y a-t-il pas un quatrième concurrent? observa l'oncle pour gagner du temps et réfléchir plutôt que pour réserver les droits du fils de sa sœur.

— Le Marmot! répliqua Hippolyte. Oh! ce n'est pas un adversaire sérieux. Je parie qu'il aura enseigné à quelque taupe à faire l'exercice.

— Voyons, Amédée, dit M. de Brunoy,

ton imagination a-t-elle enfanté quelque invention meilleure que celles de tes cousins ?

— Non, mon oncle, confessa l'enfant confus et les yeux gros de larmes. Je ne sais ni dessiner comme Hippolyte, ni faire de la pyrotechnie comme Achille, ni chevaucher comme Raoul. Je suis ignorant et maladroit. Je ne puis, pour votre fête, que vous renouveler le serment de vous aimer et de vous servir toute ma vie, comme vous le méritez.

— Ah ! ah ! ah ! la belle surprise ! s'écrièrent les de Brunoy en jetant à Marmot des regards empreints de joie sarcastique et de fier dédain.

Mais tout-à-coup un joyeux aboiement se fit entendre dans la cour. Un chien s'élança dans la salle, se précipita sur le colonel et le couvrit de caresses.

C'était Momus.

— Est-ce possible! exclama M. de Brunoy au comble de la surprise et du contentement. Quoi! c'est bien toi, mon cher Momus, c'est bien toi que je revois! Que j'en suis heureux! Mais par quel miracle es-tu ressuscité?

— Ce n'est point un miracle, mon oncle, dit Amédée. J'ai trouvé dans la campagne Momus qui n'avait que des blessures nombreuses, mais pas assez graves pour qu'il en mourût. Il avait été abandonné par Baptiste qui l'avait peut-être cru mort. Moi, je l'ai rapporté entre mes bras avec beaucoup de peine. Je l'ai couché dans la grange qui vous sert de grenier à foin, et comme je sais parfaitement de quelle manière il faut que les animaux soient soignés, je l'ai médicamenté, nourri et, vous le voyez, guéri. J'allais passer presque toutes mes journées avec lui, et j'usais de la liberté que nous valait votre concours, pour tenir compagnie à mon pauvre malade, afin que l'ennui n'augmentât pas la vivacité de la fièvre.

Momus, comme s'il eût compris, vint

lécher avec une inexprimable pantomime de reconnaissance et d'amitié, les mains de son excellent petit docteur.

— Et pourquoi ne m'avoir pas plus tôt révélé ta découverte? demanda le colonel touché jusqu'aux larmes.

— Baptiste vous avait trompé et je craignais de lui faire perdre sa place où il se trouve si heureux. Je voulais attendre que Momus fut sauvé et profiter des bonnes dispositions où vous mettrait le plaisir de le revoir, pour obtenir de vous le pardon de ce pauvre domestique qui n'est coupable que d'un mensonge dont il se repent. Me promettez-vous de ne pas lui donner son congé?

— Généreux enfant! viens sur mon cœur! viens que je t'embrasse! Oui, je te promets tout ce que tu veux. La surprise que tu m'as faite non dans des vues d'intérêt, mais par une bonté qui te fait honneur plus que toutes les connaissances et toutes les habiletés, est bien la plus agréable et la plus digne de récompense. Le prix du concours est à toi.

— Merci, mon oncle, répondit Marmot avec simplicité, permettez-moi de ne pas l'accepter. Je n'ai véritablement pas concouru. D'ailleurs je ne suis pas belliqueux comme mes cousins. Donnez-leur ces armes : ils sauront mieux que moi s'en servir, et je serai heureux de leur satisfaction.

— Cher enfant! quelle leçon tu leur donnes! puissent-ils en profiter. Pourquoi a-t-on si longtemps méconnu ce cœur d'or d'où débordent tant de qualités rares et exquises! Mais, va, sois tranquille, le jour de la justice est venu pour toi. Je t'apprécie ce que tu vaux et te donne la plus belle place dans mes affections, car si d'autres ont peut-être l'aspect plus cultivé, aucun n'a l'âme plus élevée!

Inutile d'ajouter que Momus et Marmot furent avec le colonel les rois de la fête. Le triomphe de leur souffre-douleurs humiliait et contrariait fort les de Brunoy qui dissimulaient avec tout l'artifice dont ils étaient capables le regret qu'ils avaient de voir leur proie leur échapper. Ils comprirent qu'à dater de ce jour ils ne pouvaient plus faire de cet enfant leur victime et ils signèrent avec lui, mais en grimaçant, un tardif et peu sincère traité de paix dont les clauses néanmoins furent depuis, ponctuellement observées.

Les vacances s'écoulèrent rapidement. Les cousins rentrèrent au collége. Amédée que son oncle aimait maintenant avec autant de vigueur qu'il lui avait autrefois témoigné d'indifférence, se mit à travailler ardemment. Cette protection du colonel non-seulement le préservait des railleries et des persécutions, mais le relevait à ses propres yeux. Il ne se crut plus un idiot et se mit en tête de réussir au moins autant que ses cousins. Avec de la persévérance et du courage, il y parvint. On découvrit peu à peu dans l'ex-Marmot des qualités et des aptitudes qu'on ne lui soupçonnait pas. Son esprit se développa comme une fleur de l'arrière saison. Aujourd'hui il est médecin, et poursuit avec succès le cours de ses études sur les animaux, commencées dès son enfance. Il est aimé, respecté, consulté, et il jouit d'un tiers de la fortune de son oncle, mort en le bénissant.

A qui M. Vallery doit-il cette prospérité?

A son excellent cœur et au danois Momus.

FIN.